KB088515

사소한 것도 사소하지 않다

사소한 것도 사소하지 않다

지은이 | 송진환

발행 | 2023년 5월 1일

펴낸이 | 신중현
펴낸곳 | 도서출판 학이사
출판등록 | 제25100-2005-28호

　대구광역시 달서구 문화회관11안길 22-1(장동)
　전화_(053) 554-3431, 3432　팩시밀리_(053) 554-3433
　홈페이지_http://www.학이사.kr
　이메일_hes3431@naver.com

ISBN_979-11-5854-417-1　03810

* 본 사업은 2023 대구문화예술진흥원 문학작품집발간 지원으로 발간
　되었습니다.

사소한 것도 사소하지 않다

송진환 시집

學而思|학이사

시 쓰고 그것들 묶어
시집 내는 일이 시인의 책무라 생각해
부끄럽고 두렵지만
또 한 번 용기를 내
여덟 번째 시집을 상재합니다.

좋은 봄날,
기쁨이면 좋겠습니다.

2023. 4.
송진환

차례

1부

2부

3부

4부

1부

겨울 담쟁이 · 2

하고 싶은 말 아직 남았나 보다
저리 불끈 힘주어 가버린 시간 붙잡고
겨울을 시리게 건너는 걸 보면

가장 절실한 마음 모아
한 폭 벽화로 펼쳐 보이는 저 상징은
추상화처럼 난해해도
가슴 찔러오는 절규 같은
삶의 모서리가 나를 오래 붙든다

지난여름,
출렁이며 곧장 위로만 치닫던 날 있었지
기를 쓰고 올라 무엇을 보려 했는지는 알 수 없지만
가파른 몸짓
지금도 악착스레 붙잡고 있는 걸 보면 분명
하고 싶은 말 아직 남았나 보다

햇살 잠깐 지나간 자리
그늘이 한결 더 깊어지고 있다

위태로운 정원사

잘 꾸며진 정원에
비 온 뒤 웃자란 가지들, 위태롭다
실은 정원사의 웃자란 눈이 위태롭다
웃자란 가지들은
정원사의 눈높이에 맞춰 이내 잘릴 것이고
정원은 한동안 또 그렇게 갇힐 것이고, 그러나
가지들은 은밀한 반란을 꿈꾸며
뒤쪽에서 늘 수런거린다
수런거릴 때마다 바람도 따라 불어
정원사는 다시 전지가위를 들고 두리번거릴 것이고
제 눈 밖으로 벗어난 것은 사정없이 목을 칠 것이고
그러는 동안 정원은 위장된 평화로
하늘을 끌어안고 구름이나 흘려보낼 것이고, 그러나

위장된 평화는 평화일 수 없다고 가지들은
끝내 용납하지 못한 채, 오늘도
위태롭지만 햇살 속으로 고갤 쳐든다

이 도시의 민낯

도시로 간 누이들이
도시의 그늘에 묻혀 흘린 눈물로 살찌운
이 도시는 이제

기억상실증에 걸려
자기가 어디서 와 어디로 가는지 알지 못한 채
살진 자들의 목소리만 진실이라 믿어
갈수록 저를 더 어둠 속에 가둔다

그렇게 이 도시는,
차츰 야위어 가는데 날은 또 왜 이리 가문지
일기예보는 어제처럼 빗나갔다
지금쯤 지구 저편 어디 느닷없이 큰물 져
오늘이 한순간 휩쓸려 가고 있을 듯도 싶은

삶은 자꾸 목이 타는데
살진 자들은 도대체 누굴 위해 저리 목에 핏대를 세우나
세상은 마냥 어지럽기만 하다

이런 날이면 으레

오래전, 도시로 간 그 누이들이 새삼 그리워져
부질없이 뒤돌아보곤 한다

계절을 채 건너지 못하고 지고 있는 잎 하나
이 도시의 민낯처럼 핼쑥하다

낙엽이야기

낙엽은 삶을 증언하듯
직선으로 떨어지는 법 없이 흔들리며
곡선으로 떨어진다

그는 바람에 밀려가지만 아직 살아 있어
한사코 내일로 가려 하지만
내일은 아득해 보이지 않고 끝내
어제 온 비로 생긴 물웅덩이에 갇히고 말아
죽은 것이다, 참으로
죽은 것이다

슬픔이 햇살에 무심히 반짝인다, 머잖아
물웅덩이도 속절없이 말라버리면
4차원의 세계로 순간이동 해
죽음이 다시 삶이 되어 혹 부활하지는 않을까

가을 속으로 또 낙엽이 툭 떨어진다

난제

얼마나 말을 아껴야 시가 될까

낙엽이 쌓일수록 자꾸 넓어지는
생각의 행간은 스스로를 주체하지 못해
마음도 따라 공허해져
군말들 또 어지럽게 흔들리는데
어느새 계절은 바뀌고 겨울 앞에 선다

시린 몸짓으로 길고양이 한 마리 떨며 지나가고
까닭 없이 서럽다
눈이라도 오면 차라리 포근할까

세상은 날마다 시끄러워
말이 말을 끌고 다니면서 우리를 더 거칠게 하는 동안
내 시는 끝내 말을 줄이지 못해
시가 되지 못한 채
마른 가지에 바람만 저리 차갑게 걸린다

온전한 시 한 편 만나볼 봄은 정녕,
오기나 할 건가

사소한 것도 사소하지 않다

무심히 여닫던 신발장이 오늘사
새삼스레 눈에 와 박힌다

구석자리로 밀린 먼지 앉은 구두하며 운동화 따위
지난 시간을 흐물흐물 삭이고 있다

빛나던 날들 사라진 채
한때 유행했을 법한 아내의 부츠 몇 켤레는 흡사
독일 병정 군화 같다
내 낡은 구두들도 패잔병처럼 그 옆을 맥없이 앉아 있고

돌아온 자취들이 땀내 물씬 풍기며 기억의 조각들 하나씩
불러낸다, 아하
버리지 못한 까닭 거기 있었구나

한참을 생각에 젖어 꿈꾸듯 서 있었다

끌고 가듯 끌려가는

나를 끌고 가는 것이 결국 나인 것을 자주 잊은 채 번번이 기계 앞에 서면 그가 중얼대는 낯설고 장황한 주문(呪文)에 맥없이 주눅 든다 휴대폰이 그렇고 에어컨이 그렇고 텔레비전이 그렇고 안마의자가 그렇고…… 갖가지 기계들이 다 그렇다 때로 그가 만든 함정이 너무 깊고 어두워 두려움마저 쌓여 한없이 절망하다가 그 언저리나 맴돌다 하릴없이 돌아온다 그렇게 돌아온 날, 안쪽 어딘가에서 일어서는 무력감은 내 삶의 무게를 더 아프게 하고 아픔은 이내 부끄럼이 된다 컴퓨터를 고치고 돌아가는 기사님이 친절하게 그러나 바삐 일러주는 여러 설명들이 내겐 오늘도 그냥 무거운 짐 되어 주문처럼 남을 뿐이다

총총 우체국 간다

빗속을 지나 총총 우체국 간다
간절한 마음 빗물에 젖을까 봐
그 사연 고이 가슴에 품고 우체국 간다

그리움은 언제나 나를
살아 출렁이게 하는 것
옷깃에 젖는 빗물쯤은 아무것도 아니다

누구나 가슴 깊숙이 그리움 하나 안고 살아
아픔도 갈무리하면 내일로 갈 수 있는 것을

오늘 빗속을 지나 우체국 문을 열면
숱한 그리움들 왈칵 내게로 다 쏟아질 듯싶어, 나는
설레는 마음으로 총총 우체국 간다

저만치 가는 우산 속 젊은 한 쌍은
저리 가까이 있어
애틋한 그리움 알기나 할까?

그리움은 멀리 있어 비로소

안으로부터 시나브로 돋아나는 것을
그들은 정녕 알기나 할까?

아득히 두고 온 것들이 빗속을 열고 내게로 온다

아득한 저편

새가 날아간 곳은 아득하다
아득한 만큼 더 비어 있어 또 아득하다
아득한 저편, 희망일까

나는 어디로 가고 있는가, 저편?
희망은 대체 어떤 모습으로 기다리고 있을까

우리는 모두 어딘가로 가려 한다
그 끝 도무지 알지 못하지만 그곳에, 막연히
추상어 하나로 흔들린다 해도
꿈꾸며 갈 수 있다는 것은 그것만으로도 희망 아닐까?

그렇기에, 새가 날아간 곳은 비어 있어도 결코
비어 있지 않고

날마다 오늘은
하늘이 마냥 저리 푸르뒨다

푸른 하늘은 허공이 아니다

푸른 하늘은 허공이 아니다

그곳에 나뭇가지 하나 그리고 싶다, 순간
잎 돋고 하르르 꽃 피어
푸른 하늘은 결코 허공이 아니다, 문득

꿈꾸듯 낱말 하나 쓰고 싶어
'사랑'이라 눌러 쓴다
사랑
누군가는 너무 진부해 떨림이 없단다, 아니다

가장 보편적인 것이 가장 진솔한 것이라
알고 보면 우리를 인간적이게 하는 원초적인 힘인 것을 오래
잊고 산다

다시, 푸른 하늘을 향해 외친다
소리가 끝없이 울려 퍼질 때 그곳은 정녕
허공이 아닌 것이다

강물에 나를 띄워

강물 따라 하루가 흘러간다
미처 걸러내지 못한 생각의 찌꺼기들은
강가 갈대숲에 걸려 부질없이 맴돌고

강물은 이제 곧 저녁을 끌고 와
저 찌꺼기들 어둠으로 덮을 요량인지
일렁이는 햇살 물 위에 펼쳐
마지막 몸을 트는 것이 내겐 그나마 위안이지만
어둠만으론 결코
저 찌꺼기들 다 지울 수 없다는 걸 아는 까닭에,
안타까울 뿐

오늘 나는 어디를 돌아왔을까
돌아온 길이 문득 문득 기억 밖으로 흩어진다
흩어져 사라지는 것들은 늘
슬프거나 고단한 모습이라 안으로 짓눌리는 진한
아픔이다

그럴지라도, 강물은 제 너른 가슴으로 그것 품어 조금씩
조금씩 지워내는 것이 내겐 또 내일로 가는 한 줄기 빛인

것을

　풀등 위를 거니는 왜가리 몇 마리
　배경처럼 흐르는 강물 속 노을에 젖고 있다

불경의 시대

감추고 살아야 하는
시대의 뒤안길엔 늘 그늘이 깊습니다, 매번
그늘은 더 깊은 그늘로 덮어보지만
감춘다는 건 끝내 덧씌울 뿐입니다
그러는 동안 우린
숱한 경련과 아픔을 견뎌야 합니다

무엇이 우리를 그 어둠 속으로 밀어내는지요

외등이 다투어 불을 켭니다
그렇더라도 그 불빛 어둠을 다 밀어낼 수는 없습니다
바람이 불빛을 흔들고 있는지
외등 하나가 깜빡이고 있습니다, 어쩌면
시려 떨고 있는지 모르겠습니다, 아니
시린 척하고 있는지 모르지요

없는 것은 없는 것이지요
모르는 것은 모르는 것이지요
못난 것은 못난 것이지요
그러고도 감추고 살아야 하는
시대의 뒤안길은 그늘이 한참 깊습니다

아무 일도 없었다

비둘기 한 마리 구구구
아침을 흔들며 오네
오래전 유해조류로 낙인 찍혀도 아직
내 아침은 네가 깨우네
가당찮은, 인간의 무모한 잣대로 너는
별 볼 일 없는 새 되었지만
아직 내게
아침을 물어다 주는 너는 진정 사랑이네

그렇기에 내 아침은 또 어제처럼 환하네
이마의 낙인쯤은 나도 너도 개의치 않아
하루를 또
가볍게 시작할 수 있겠네

우리들의 바다

시장길 모퉁이 그 집엔 늘 우리들의 바다가 누워 있었다

그 바다엔 오늘도 광어 도다리 따위 낯익은 이름들이 호명
을 기다리며 제 먼 바다의 기억 아련히 더듬고 있고, 그렇게
바다는 한없이 깊고 넓었다, 우린

그들의 바다 건져 올려 한 잔 소주로 우리의 바다에 드리운
그늘 하나씩 지워갈 때 파도는 내내 출렁거렸고 더러는 어제
의 그늘이 부질없이 가시처럼 돋아 취한 끝에 울컥 서로를 아
프게도 한다

그 아픔마저 바다의 한 쪽이라 바다의 깊이와 넓이는 정녕
가늠할 수 없다

어느새 별이 뜬다
별빛은 우리가 돌아갈 길을 위안처럼 밝혀 그나마
내일이 저만치 꿈인 듯 보인다

어지간히 멀리 왔나 보다

너를 만난 것은 행운이라고, 3류 드라마의 낯간지러운 대사 같은 말을 전혀 낯간지럽지 않은 듯이 하고 있는 걸 보면 어지간히 멀리 왔나 보다, 아니면

재래시장 모퉁이 돌다 선 채로 떡볶이나 오뎅 먹고 그 국물 후후 불며 '어 시원하다, 어 시원하다' 를 독백처럼 중얼대고 있어도 도무지 부끄럽지 않은 걸 보면 어지간히 멀리 왔나 보다, 또 아니면

이따금, 어린 시절 파자마 바람으로 대문 앞 비질하시던 아버지의 모습 뜬금없이 그리워지는 걸 보면 참으로 어지간히 멀리 왔나 보다

멀어진다는 건, 체면 따위 부끄럼 따위 모두 흘려버려 아득히 그리움만 남는 것인가

4월은,

4월은,
절뚝거리며 아프게 온다

꽃향기도 서러운 듯 가슴으로 붉게 번져와
그때 그,
핏빛 기억들만 꽃그늘에 무겁게 내려앉는

4월은,

2부

늦은 골목

살아야 한다는 명제 앞에
하루를 돌아와도 늘 빈손이듯
늦은 골목엔 또
가로등만 어제처럼 희미하게 비칠 뿐이다

누군가,
오늘 하루를 심하게 토해내는지
불빛이 잠시 흔들리고 있다

상수리나무 숲

겨울 끝에 매달린 저
상수리나무 잎들은 대체 무슨 생각으로
온몸 저리 떨며 아직도 몸서리치고 있는가

그날 밤 가쁜 숨 몰아쉬며 안간힘 쓰던
어머니 마지막 모습이 저러했을 듯
바라보고 선 마음이 다 시리다

잎과 잎 사이로 어렵게 열린 하늘
어머니 마지막 말씀인가도 싶어 또 아픈데
어디선가 다시 바람 거칠게 불어온다

바람의 속도로 어지럽게 흔들리는 몸짓은 어쩌면
애타도록 봄을 기다리는 하나의
경건한 의식인가

저처럼 어머니도 그 밤 또 다른 부활을 꿈꾸며
바람을 타고 떠나갔을까

기억 저편

의자는,
아득한 날에 한 그루 나무였던 것을 기억한다
그렇기에 끌어당길 때마다
스스슥 그날 밤 그
바람소리 지금도 떠나지 못해 숲을 맴돌고
나무는 달빛에 묻혀 오래 꿈꾼다

그런 추억 따라 흘러가다가도 문득
햇살 아래 한 번쯤은 나서고 싶다
가물거리는 기억 저편
한 그루 나무였을 때 숲을 채우던 그 따사로움
잎사귀로 받아 안던 밝은 오후가 하도 그리워

누군가 걸터앉아 생각에 잠긴 동안, 의자는
그의 등 따뜻이 받쳐 그도
아득한 날에 한 그루 나무였던 것을 기억하게 한다

시작詩作

문장 하나가
내게서 빠져나와 당신께로 갑니다
머뭇거리다 당신께 닿기 전에 흩어질 때 있지만
당신 가슴 흔들어 하나 될 때도 있습니다

그런 날은 노을 지는 강가에 노을로 앉거나
비에 젖는 나무 곁에서
나무가 되어 한없이 따라 젖거나
바람과 함께 바람으로 흘러 더 멀리 떠나기도 합니다
무엇 때문인지는 말할 필요가 없습니다

문장 하나는 다시
한 채 집을 지어 누구라도 오래 깃들기를 바랍니다
햇살 데려와도 좋고
그늘 길게 드리워도 무방합니다
때로 알 수 없는 곳으로 무작정 끌고 가더라도
탓하지 않습니다, 그렇게

아득한 저녁 멀리서 다가오는 작은 불빛인 양
당신 가슴 따뜻이 데울 수만 있다면
그 문장 하나보다 더 사랑스러운 것이 또 어디 있겠습니까

희미한 풍경

그늘보다 깊은 적막이
골목 안을 무겁게 누르고 있다
푸른빛은 보이지 않는다
모두 어딘가로 하루분의 푸른빛을 찾아 떠나고
골목 안은 종일 빈 채
이따금, 회색 바람만 무심히 지나간다
아이들 몇 그들만의 언어로 골목을 지키지만
어딘가 쓸쓸히, 비어 있다
응달진 곳엔
그늘이 밀어올린 이끼들만 배경으로 앉아
습한 채 퀴퀴하다
그렇게 어둠 오고 마지못해 가로등 켜지면
어둑한 골목으로 어디선가 묻어온 고함소리가 잠시
살아 있음을 증거한다
그러고는 그만이다
돌아보지 않는 곳에 모여
그래도 내일을 꿈꾸는 것만으로도 꿈이라 여기며
푸른빛이라 여겨 담아온 희미한 빛 풀어헤쳐
하루를 조심스레 눕힌다

비대칭

목련 피어 잘 빚은 봄날이다
그렇다 해도 그늘진 옹벽 위
겨울 벗지 못한 담쟁이는 아직 동면 중인가
앙상한 몰골로 죽은 듯
눈 뜨지 않는다
그렇기에 사람들도 눈여겨보지 않는다

그런 사이 봄날은 가고
아무도 그의 봄날 기억하지 못한다
그렇다, 사람들은
그때 그 자리에 있는 것들만 믿고 싶어 한다
설령 저 목련 지금
햇살 물고 와 빛날지라도 지고 말면 그뿐 이내
아득히 잊힌다

까닭 없이 가슴 아픈 날은 분명
담쟁이 혼자 잎 돋는 순간이거나 혹은
목련 소리 없이 지는 날일 듯

풍문

참 멀리서 흘러온 게야

흘러오는 동안 찢기고 헐어서 대개
믿을 수 없지만
오래도록 맴돌며 우릴 흔든다

흔들릴수록 바람은 더 거칠어
흔들리는 마음까지 또 하나의 소문이 되어
누군가를 아프게도 한다

바람은 끝없이 흘러가기에 소문은
바람만큼 멀리 바람의 속도로 퍼진다, 어쩌다

잠시 바람 잦아지는 날에도 이미
퍼져가던 속도를 이기지 못해 한동안 떠돌며

그렇더라도,
어느 땐가는 세상 밖으로 스러질 테고
우린 다시 바람 부는 쪽으로 귀 열 테고 끝내
그 진원지는 알 수 없을 테고

2021년, 어둠이 이리 짙어

절망의 그늘인 듯싶은 아침이 오면 우린
다시 마스크를 쓴다
절망도 진화하는지
형형색색 위장한 채 아픔을 참아내며
어제보다 더 절실하게
오늘 속으로 들어간다, 그러나

그곳은 아직 안개 자욱해 자칫 길 잃겠다
비상등 안개등도 소용없다

가늠할 수 없는 저 안개의 벽 끝내 넘을 수 있을까
종일, 있어도 없는 듯 내일은 쉬 보이지 않고
자꾸 두려움만 커지는 것이 또
절망이다

저녁이 오면 어제처럼 하릴없이
어둡고 긴 오늘의 그늘 끌고
곱게 물들던 노을빛마저 잊은 채 맥없이
돌아가야 할 것을

아직은 더 흘러야

어둠 올 때 강물이 더 깊어지는 것은
흘러온 시간의 무게가 그 어디쯤서 가라앉기 때문이다
나도 흘러 언젠가
저무는 날에 서면 저처럼 깊어질 수 있을까

깊어진다는 것은,

가슴에 쌓인 숱한 그늘 다 지워내
미처 읽어내지 못한 또 다른 세상 바라보는 일이라, 그건
한없이 설렐 일일 듯도 싶은데

나는 지금 어디쯤 흘러왔을까, 아직
마음 한 구석 미움이 그냥 남아 더 흘러가야 하는가

오늘은 다시 오늘의 어둠 내려 어지럽지만
언젠가 쌓인 찌꺼기들 다 비워낼 때쯤
어디선가 빛나는 별 하나 나를 비출 듯도 싶은데

새벽 두 시

그립다, 는 말은
아쉬움, 의 이음동의어인가

놓친 것 많을수록 생각도 따라 많아
그 자취 되짚어가면 아,
내 봄날은 그리 짧았구나

햇살 잠시 뜨락에 내리는가 싶더니
이내 그늘져
꿈꾸던 것들 다 사라지고
아리던 기억의 잔해 어지럽게 남아
내 봄날은 그리 짧았구나

물안개 서둘러 피어 여름이 떠난 자리
형형색색 제 지난 시절 자랑처럼 뽐내는 날도
나는 거기 보이지 않고
지키지 못한 언약들만 서럽게 널브러져
바람결에 자주 뒤채인다

새벽 두 시, 잠들지 못해
나는 더 먼 곳으로 자꾸 흔들리며 간다

어떤 일몰

폐광 근처의 일몰은 우울하다

버려진 탄광은 이제
한때의, 설레던 저녁도 없이 어둠에서 어둠으로
검은 물만 흥건히 고여 고름 같다
모든 버려진 것은 저런 모습인가

그날의
고단한 삶을 짊어진 사내들이
온몸으로 버티던, 그곳
폐광 근처의 일몰은 서럽기까지 하다

그래도 우린 기억한다, 오래전
처음 삽질하던 날을
꽃처럼 발그레 물든 저녁이 있었던 것을

삶의 비탈에 서서

아내는 가슴 안쪽
출렁이는 바다 하나 안고 산다

나는 매번
그 바닷가 몰래 갔다가 아내의
뒷모습만 보고 뒷걸음쳐 돌아오곤 하는데
때때로, 처진 어깨 너머 젖어 있던 어둠이 곧장
따라와 내 가슴 서럽게 후려칠 때면
그에게 나는 무엇일까? 를 생각한다

밤으로 가는 길목에서도 그 대답 찾지 못해 조바심치면
어둠은 더 깊이 빗장 걸어
흐린 불빛마저 맥없이 깜빡인다

그때, 아내의 바다에선
날선 벼랑으로 거세게 파도가 치고 있는지 아내는
깊숙이 안쪽에 담아둔 들숨 길게 내뱉고
나는 또,
밤의 깊이는 정녕 어디까지질까? 를 다시 생각한다

오버랩

아파트 경비실 뒤꼍 수거함에
삶을 다한 폐건전지들의 마지막이
그늘로 쌓여 있다

더러는
아직 숨이 붙었어도 주검처럼 버려져 끝내
죽은 목숨이다

우리도 그럴 듯싶다
삶의 끝머리에 서면 살아도 죽은 듯 흐린 불빛 아래
세상과 단절된 채 추억마저 사라져
가쁜 숨이나 몰아쉬며 애처롭기만 할 것이

보이는 건 다 사라지겠지만 정작
그 끝머리에 서면 먼저
그늘로 쌓인 저 폐건전지들처럼 한없이 무기력한 채
슬플 것을

아파트 경비실 뒤꼍 폐건전지 수거함이 꼭
우리 모두의 무덤 같다

미술관을 나서며

　우린 날마다 내일로 흘러가지만 내일은 늘 관념적이라 안개 속에 갇힌 듯 모든 게 흐릿하다

　먼저 간 자들은 지금 어디쯤 흘러가고 있을까 흐르다가 혹 '이 풍진 세상' 한자락 불러대며 샛강 어디쯤서 맴돌고 있지나 않은지

　어제의 내일이 오늘이기에 어제와 오늘과 내일은 결국 다른 듯 같은 것이라 매양 그리 흐릿한 것인가, 그렇기에 오늘을 사는 우리는 또 어둠일 뿐인가

　추상화 한 폭이 어지럽도록 오래 가슴에 맺힌다

몽돌

　바다가 할퀼 때마다 돌들은 귀 막고 입 닫고 살과 뼈 깎으며 스스로 세상 둥글게 보는 법을 배운다

　그래도 가슴 아파 정 견딜 수 없는 날엔 안으로 빗금 하나 다시 새겨 잊지 말아야 한다고 밤새 울 때도 있다 먼 훗날 그마저 고운 무늬 되어 꿈으로 출렁일 것을 믿으며

　그 무늬 누구는 '달' 하고 누구는 '해' 하며 상징이다 은유다 이야기로 엮어내지만 그렇더라도 그건 바닷가 돌들의 속내와는 전혀 무관하다

　언젠가 그 빗금마저 다 지워야 한다 그때까지 바닷가 돌들은 귀 더 막고 입 더 닫고 살과 뼈 더 깎아 스스로 제 모두를 버려야만 한다

3부

비로소

네가 내게로
내가 네게로 온전히 스며들 때 우린
하나 된다지만
'온전히' 혹은 '스미다'의 말뜻 제대로 알지 못했다

이만치 흘러와 오늘
꽃물 내 옷에 붉게 들어 빨아도 은은히 남는 걸 보고서야
'온전히'와
'스미다'가
이음동의어임을 알게 되었다, 비로소

이 도시는

이 도시는 아직
어둠이 짙어 우릴 온전히 품지 못한다
오래전 구호들만 바람에 맥없이 흩날릴 뿐
내일로 가자던 언약은 매번 그 자리나 맴돌아 한없이,
공허하다

우린, 이 도시의 어느 모서리를 돌아왔기에 오늘 이리도 고
단한가
때로 서럽기도 한 것이 우릴 다시 어둠 속에 가둔다

언제쯤 이 어둠 걷어낼 수 있을까

어둠을 밝힐 요량으로 켠 촛불은 바람에 위태롭게 흔들리고
자꾸,
불안하다

어디선가 이명처럼
빛바랜 기억들만 귓가를 어지럽히는 이 도시는
끝내,
내일로는 가지 못할 듯싶다

저녁이 올 때

어딘가에서 기척 없이 바람이 스며든다
느끼지 못하는 동안 한기가 온몸을 덮치며 그렇게
저녁이 온다

잎과 잎 사이에도 열린 만큼 저녁은 내려앉고
우린 잠시 생각에 젖는다, 가을이 오는가 아니
겨울이 오는 건가

자꾸 깊은 곳으로 빠져드는 느낌이다

놓친 것들 어찌 이리도 많은지
지금사 아쉬움 되어 가슴 못내 헤집는 저녁

그렇다, 사는 일은 늘 늦게 닿아 아쉬울 뿐인 것을

하루살이

그들의 한생을
하루에 가두어버린 인간은 이기적이다
돌아보라,

참으로 네 한생
불빛 아래 모인 저 하루살이의 몸짓보다 치열했던가
날마다 놓치고 살아
놓친 만큼 또 숱한 절망으로 하루를 채워
어디 온전한 날 있었던가
그렇게 한 백 년 산들 그들의 하루보다 참으로 당당할까
그들의 하루는 한생의 치열함이라
네 하루와 빗대는 일은 금물이다
실은 그들이 하루를 위해
습한 곳 돌아온 숨 막히던 날들 너는, 아는가
기껏 하루만을 보아
하루살이 같은 삶이라 하찮게 빗대지 마라
인간은 자주 인간답지 못해
저만이 전부라는 못된 습성에 매몰되어 있는 것

돌아보라, 너!

그리움

더러
잊힌 기억 속에서도
새 움 트듯 가슴을 비집고 일어서는
참 따뜻한 기운 느낀다

흐린 날엔 더
깊은 곳에서 빠져 나와 쿵쿵
가슴 치기도 하고 살그머니
겨드랑이 간질이기도 한다

무얼까?

날마다 쌓여가는 알 수 없는 설렘은
아하, 어쩌면
먼 그날에 묻어둔 씨앗 같은
작은 그리움일 듯도 싶다

묵화

서녘 하늘에 한 폭 묵화가 걸린 저녁이 있습니다

나는, 거기 어디쯤 먹물처럼 번져 그리움에 젖습니다

흘러갔어도 지우고 싶지 않은 이야기는 지금도 그냥 흐르고

누군가 어깨 툭 치는 듯 한없이 정겹습니다

그렇게 한 시대는 가고

서녘 하늘에 한 폭 묵화가 순간인 듯 걸린 또 하나의 저녁
이 있습니다

존재의 기억

내 삶의 첫 장엔 무엇이 기록되어 있었을까, 정녕
그 기록이 나를 여기까지 데려온 것일까

알 수 없지만,
기쁨보다 슬픔이 많은 것은 어쩌면 길 밖으로 벗어나 오래
헤맨 까닭인 듯

어쨌거나
삶의 시작과 끝은 단지
끝없는 시간의 터널 지나가는 한 점인 것을

길 밖의 길도 또 다른 길이라면 기쁨과 슬픔이 무에 다르랴
웃고 또 울며 흔들리는 것은 단지 존재의 기억일 뿐

이만치 흘러와
삶의 첫 장에 기록된 게 궁금한 것은 아무래도 부질없다

오늘, 지금
기뻐하고 슬퍼하는 것만으로도 뜨거운 은총인 것을

서러운 시詩

시집 속에 갇혀버린 내 시들이
울고 있다
바람 부는 날엔 바람소리로 훅
비 오는 날엔 빗소리로 후두둑 그렇게 울고 있다
갇힌다는 건, 세상과도 아득히 멀어지는 것
그리고 까마득히 잊히는 것, 어쩌랴
내 진실이 때론 네 진실이 되지 못하는 것을

그래도 압사당한 내 진실 못내 안타까워
오래 잠들지 못하는 밤이면
시집 속에 갇혀버린 내 시들의 서러운 낱말 가만가만
들춰본다
그때마다 어둠 사이로
아직은 빛나는 낱말들
눈빛에 환히 나를 보며 웃고 있는 것을

아쉬움은 다시 그리움 되어

'떠난다' 란 말 속엔 늘
뒷모습이 먼저 어른댄다

설마 떠나랴

어제처럼 거기 그냥 있을 줄 알아
내일을 까마득히 잊고 말아 그만큼
아쉬움도 따라 크다

아쉬움 속엔
미처 못다 한 말 남아 가슴 한쪽 비워진 채 서러운 것을
우린 매번 늦게사 알아 오래
헤맨다

어쩌면 삶도 그런 것인가
간직할 것들 소문 없이 떠날 때
망연히
그때사 가슴 무겁게 치는 것이

아쉬움은 다시 그리움 되어

오늘은 또
먼 곳 바라보며 마냥 섰을 뿐이다

가위눌리다

내 깊이를 알지 못해 밤마다 깊숙이
꿈꿉니다
꿈은 어김없이 먼 곳에서 옵니다
툭툭 끊어지는 장면 속으로
아슴푸레, 낯선 얼굴 하나 맨발로 걸어오고
어둠이 잔뜩 묻었습니다

누굴까?

비탈진 곳엔 풀 한 포기 없고 위태롭습니다
다시 툭툭 끊어지고
날 흐려 비라도 올 듯싶은데
아뿔싸, 하마 강물 넘치고 있습니다

낯선 얼굴은 어느새 사라지고
그 자리에 내가 서서 발 동동 구르고 있습니다
아무도 보이지 않고
소리 질러도 아무도 보이지 않고 혼자,
소리는 끝내 흘러나오지 않습니다

다시 투두둑 끊어지고
가위눌려
안간힘, 안간힘하며 꿈속 힘겹게 빠져나오면
허망한 채 식은땀만 홍건합니다
참으로 내 깊이를 알지 못하겠습니다

오후의 위안

이 오후,
돌아가고 싶은 한때가 남았음은 그나마
위안이다

날마다 시시비비
어딘가로 떠나고 싶어
강가에 앉아 물길 거슬러 기억을 따라가면 거기
햇살에 반짝이는 한때가 있어 참으로, 위안이다

강 둔치 따라 아이들이
앞서거니 뒤서거니 자전거를 타고
강둑에선 또 다른 아이들이 연鳶을 날린다
저들은 분명
저 속력으로 저 높이로 꿈꾸고 있는 게다
환하다

아이들의 오늘 하루가 먼 훗날
숱한 기억 속에서 돌아가고 싶은 한때로 남았으면 좋겠다,
기왕
저녁답 곱게 물든 노을처럼 아름답게 새겨져

어느새 어둠 오는 강가엔

왜가리 몇 마리

적막을 쪼아대며 나를 자꾸 내일로 밀어 올리고 있다

내 오늘이

아직 남은 내일의

돌아가고 싶은 한때가 될 수 있을까

낭패

길을 가다 한순간
길을 잃고 말았다
길은 있어도 길이 보이지 않아 시나브로
어둠에 젖어 끝내 기억마저 잃고,
헤맨다

언제부터일까, 어디서부터일까
애써 달려온 길
애초 길 아니었던가

밤 깊어
아득히 길은 멀어져 불안은 또 쌓일 테고 한없이
난감할 테고
그 밤엔 별도 뜨지 않아 사방은
어둠 갉아먹는 소리만 어지럽게 남을 테고 밤은 점점
더 깊어질 테고

그렇게 우리 삶은
쫓기듯 늘 막다른 골목에 서고 말지만, 어디선가 분명
아침이 다시 오고 있음을 믿어

몸 낮춰
지친 몸일지언정 저마다 꿈 하나씩 안고
내일로 간다

손님급구

저 캄캄한 절규에
눈앞이 다 캄캄하다, 순간
배가 고파오는데
내 하루의 무게는 또 어찌 감당하나

여름이 이리 긴 줄 몰랐다
부질없이 식탁을 닦으며
문밖 세상 힐끔힐끔 습관처럼 내다보지만
그곳은
매번 요란하기나 할 뿐

그러는 사이 가을마저
소문 없이 왔다 덧없이 가고 말 것을

보이지 않는 것들이 우리를 끌고 가는
이 난감한 시대 앞에 이제
할 말도 잃고 말아 아뜩하다

어디로 가야 하나
사방 길은 가슴에서부터 끊어져 아무래도

이 시대의 강 건너갈 수 없을 듯

내일이
마냥 새까맣다, 아

바람소리

바람소리가
가을을 끌고 와 나를 쓸쓸하게 하는 것은
가슴 안쪽에 쟁여진 시린 기억 탓일 듯

그 기억의 편린들이
낙엽 되어 뒹굴며 바람소리를 더 증폭시키는 동안
기울어진 삶은
지난 한때를 애써 더듬는다

오래전, 연둣빛 고운 바람소리가
귓가에 소곤대며 꿈꾸라 했지만
막히고 더러는
끊기며, 흐를수록 허망해 믿음마저 흔들리던 그런 날이
아프게 다가선다

삶이란 게 그렇게 빗나가
끝내 가을은 더 깊어질 테고, 저 바람소리
어딘가로 또 나를 끌고 갈 테고

그러다 어느 땐가
텅 빈 겨울 앞에 나만 혼자 덩그렇게 서고 말 것을

펜의 고백

안으로 숱한 말들 감추고 삽니다
안타까워
모두 잠든 밤이면 혼자 돌아누워 꺼억꺼억 울기도 하며

그 울음 어쩌면
가장 깊은 곳에 숨겨둔 내 심장일지 모릅니다

한생 끝날 때까지
묵묵히 걸어가야 하는 고독한 삶 그 또한
숙명이라 여기며

때로,
뜻과 달리 낯선 곳 헤매다 쓰러질 때면
무력감, 자괴감에 절망도 하는 것을

그런 날 밤은 한없이 길고 또
깊어
새도록 악몽에 시달리다 뿌옇게 아침을 맞기도 합니다

그렇게 내 삶은 날마다 무겁고 고단합니다

곡비哭婢의 강

그 울음, 어디에도 가닿지 못했네

떠돌던 바람이 울음을 삼켜버려
울어도 정작 울음은 없었네

꺽꺽 소리 높이던 것은 결코
너를 위한 울음 아니고 제 슬픈 삶의 몸짓이었네

더 슬퍼 견딜 수 없던 날엔
강가 갈대숲을 갔었네, 거기서

저 대신 우는 갈대소리 오래도록 들었네

비 뿌리고 눈 내려
세월도 한참 흐른 후, 그때사

그는 강물이 되어
안으로 감춰둔 깊은 울음 울며 휘돌아 갈 거네

4부

입동立冬 근처

살며 어둡던 날들
뒤로 감추어
시린 채 매양 쓰라림도 많습니다

뒷모습에 그렇게
그늘이 묻어 있는 것은
드러내고 싶지 않은 것들 거기 모여 있는 까닭입니다

떨어지는 저 낙엽 좀 보세요
빨갛게 혹은 샛노랗게
끝내 뒷모습 저리 감추는 것을

나도 저처럼
뒷모습은 드러내지 말고 그대로 둔 채
내일로 곧장 가볍게 가렵니다

이마를 타고 흐르는 여린 햇살만으로도, 오늘
가을이 한참 깊었음을 알겠습니다

관념적

밀려가는 것이 슬프다지만
밀고 가는 것도 슬프다
생각과 생각이 부딪칠 때마다 불꽃은 튀고
밀고 밀리며 그렇게 모두
슬프다

어디로 밀려가는가
어디로 밀고 가는가

애초 그 끝 보이지 않아
닿을 수 없다는 것 번연히 알아도 밀리고 밀어야 할밖에

바람이 분다
바람 사이로 쓸려가는 낙엽
뒷모습이
바람처럼 쓸쓸하다

아름다운 길

길은 길로 끊임없이 이어져 비로소
길인 것이다
그렇기에 길은 한시도 멈추지 않고 우린 그 위에 있어 내일
로 간다

내일로 이어진 길은 수없이 갈래져
그 길, 기쁨이기도 하고 슬픔이기도 하고 때론 설렘이기도
하다
어디 그뿐인가, 길은
내일로 가지만 내일이 또렷하게 보이지 않아 또 신비롭다,
그러나 더러는
위태로울 때 있다

자칫 헛디뎌 아픔이 커 자꾸 돌아가려는 사람 있어도 돌아
간들
이미 떠나온 길 사라지고 말아
머물 곳마저 없어 그저 아쉽다, 아쉽지만
공허하게 외쳐댈 뿐 부질없는 짓인 것을

그래, 위태로워도
내일로 가는 길만이 진정 우리 가야 할 아름다운 길인 것을

거미의 일기

1.
허탕이다
허탕의 깊이는 허기에 비례한다
밤이 오고
별빛 총총 줄 위에 걸어보지만
허기는 그냥 남아
내일이 오래
두렵다

2.
그렇게, 아침은 또 무겁게 올 것이다

불통시대

믿음이 사라져
나는 혼자 밥을 먹고
너는 혼자 술을 마시며
나와 너의 거리는 자꾸 멀어진다

그렇게 멀어지다가
우리는 우리가 되지 못한 채 해체되고

더불어, 함께 같은
따뜻한 말들마저 기억 밖으로 밀려난 채
서로 무심히 스쳐만 갈 뿐
불통이다

불통을 두려워하지 않고
시대의 그늘 속에서 나와 너는
소통이 오히려 제 속내 다 드러내 위태롭다고 믿어
갈수록
나와 너의 거리는 아득히 더 멀어진다

끝내는,

슬픔도 혼자
아픔도 혼자
괴로움도 혼자
외로움도 혼자

기쁨도 기쁨인 줄 모르고
즐거움도 즐거움인 줄 모르고
건조한 일상에 웃음도 잃고 말아

따뜻한 저녁이 와도 결코 위안이 되지 못한다

폐역廢驛

그곳은,
바람이 잠시 와 머물다 가는 그런
적막한 공간이 아닙니다

한때는 따뜻한 만남이, 더러는
서러운 이별도 있던 시간의 집합입니다

그곳은 이제
지붕과 벽까지 퇴락했지만 그때 그
투박해도 정겹게 나누던 인사말만은 아직
바람결에 그냥 남아
우리 가슴을 마냥 흔들고 있습니다

그곳에 가면
빠르게 느리게
시간의 흔적들 스쳐 가는데 매양
어느 것 하나 그립지 않은 게 없습니다

지금 막
저녁 햇살을 끌고 기차 한 대가 흐릿하게 들어옵니다

그곳은,
끝내 지워지지 않는 추억의 창고 같아
오늘처럼 시린 날이면
더 따뜻이 우리 곁을 데워주는 큰 위안입니다

장롱

장롱 여닫을 때마다
삐걱대는 소릴 듣는다, 혹
제 고단했던 삶 돌아보며 우는 것인가

그럴 때면 거기 내 삶도 따라 겹쳐져 울컥
설움이 솟고, 그래

그와 나는 한통속이다
긴 시간 함께 사는 동안 부딪치고 긁히고 더러는 찢겨
그의 아픔이 곧 내 아픔이 되었다, 그렇게

서로를 믿음으로 끌어안으면
긁힌 자리는 이내 아물 것이고
찢긴 자리도 끝내 발갛게
발갛게 새살 돋아 오를 것이고, 설사

모질게 흉터 되어 남는다 해도 그마저
훈장인 양 오래
가슴속 깊은 곳에 뜨겁게 남을 것이고

불안한 저녁

말하지 말아야 할 걸 말해버린 날
저녁은 허허롭다
지금쯤 그 흘린 말들 어디쯤 가고 있을까 부질없이 생각하며
어둠을 무겁게 받아 안는다, 어쩐지
불안한 저녁이다

삶은 늘 조금씩 빗나가는 것이라지만
어둠 깊어지면 어둠에 눌려
그 흘린 말들 어느새 가시 되어 가슴에 와 박히고

어둠에 앉아

어둠이 오고 비로소
혼자 될 때
나는 눈 감은 채 먼 길 되짚어 간다

길 끝은 아득해
보이지 않아도
꺾이는 자리마다 두고 온 슬픔인데 이젠
작은 미소로 안기는 것이
지난 일엔 이리 너그러워지나 보다

그땐 왜 그랬을까 생각해 보지만 끝내
그 실마리는 찾지 못하고

어디쯤일까

작은 시내를 건너고 다시
강을 건너고 그렇게 건너고만 있다

차츰 어둠 더 깊어져 이제 돌아가야지, 아니
돌아와야지

아직 건너야 할 내 강 저만치 남아 있잖나

눈 뜨고 잠시 불 밝혀 어둠을 밀어낸다

그리움은 힘이다

너무 멀리 와 돌아갈 수 없다 해도
돌아갈 수 없기에 거기
그리움 있어
우리 삶 따뜻이 내일로 갈 수 있는 것을

설령 돌아간들 이제는 잊혀져
기억 밖을 맴돌아 서럽기나 할 뿐 더는
꿈꿀 수도 없는 것을

그러기에
너무 멀리 와 돌아갈 수 없다 해도 결코
아쉬울 일 아니다, 오히려
그리움의 힘으로
출렁, 출렁대며 내일로 갈 수 있는 것을

간이역

간이역에 늦은 바람 분다
이제는 비어
한때의 소문도 바람결에 간간 흔들릴 뿐
낡은 역사驛舍만 혼자 늙어간다

그때 그 반가웠던 악수들 하나둘 잊혀지고
가물거리는 기억 저편으로
지금 막,
영동선의 밤기차가 모롱이 돌아간다
마지막 꼬리가 사라진 자리
아무래도 아쉬움 한자락은 그냥 남은 채

간이역엔 밤 깊어도
바람 오래도록 떠나지 못하고
누군가의 뒷모습만
모서리 닳은 흑백사진처럼 못내 서성거린다

그 길

바라던 일은 곧잘 저만치 비껴간다
비껴갈 때마다 한숨 절로 나지만
비껴가기에
우린 다시 내일을 열어 내일로 갈 수도 있다

내일은,
못 가진 자들이 꿈꾸는 길이라
못 가진 그만큼 오래 기다려준다
우린 그 길 묵묵히 따라갈 것이고

오늘은 또 흐려
가야 할 길 자꾸 놓친다, 누군가
놓친 길 급히 가고 있나
경적소리가 바람 가르며 오후를 잠시 불안케 한다

떠나온 길이 가물거린다
비껴간 날들이 쌓인 수많은 어제가
고름처럼 꿈이 되지 못한 채 기억 속을 헤집는 동안
아픔이다

그렇게 우리 삶은
오늘에 밀려 내일로 간다
영 버릴 수 없는, 꿈이라 믿는 그 길을 따라

구멍 혹은 동굴

그곳은 어둡고 깊다, 아니
그곳은 애초 저만의 비밀을 위해 가능하면
어둡게 깊게 숨겨둔 거다, 그런데
그 비밀이란 게 더럽고도 아름다워
버렸다간 담고 담았다간 또 버리고 그러는 동안 그곳은 늘
음습하다

햇살을 거부하기에 때로 위험하기도 하다
그곳에 오래 머물면 눈은 차츰 퇴화되어
어둠 속에서만 눈뜰 수 있고 그러기에 끝내 햇살도 볼 수
없고

그처럼 당신도 눈멀면
사방으로 부딪쳐 순간 꿈은 거기쯤서 멈춰 기억 밖으로 밀
린다

요즘은 그곳도 비밀을 오래 감출 수 없다
호사가들이 탐험한답시고 불 밝혀
끈질기게 그 비밀 찾아 헤맨다, 자주 들킨다
알타미라의 그 주름진 벽화나

와이토모의 그 빛나는 종유석도 그렇게 들컸단다
대개 아가리가 넓은 곳은 이미
어디에도 비밀 간직할 수 없어 더 은밀한 곳으로 숨어들밖에

삶이 복잡해질수록 비밀도 더불어 많아져 곳곳에
저만의 구멍을 판다, 하지만
그 구멍 어둡고 깊은 만큼 삶도 따라 메말라진다

그렇기에 알아야 한다
구멍을 그리워하는 것은 어쩌면
생득적 본능일지 알 수 없지만 다 부질없다 다

허사다, 돌아보면

기다림

절실할수록,
더 멀리 있어 매번
더디 오는가

더디 오는가
절실할수록
가슴은 시퍼렇게 멍이 들어
밤을 아프게 쥐어짜며
몇 개의 강 건너고 또 몇 개의
산도 넘는다

어디쯤 오고 있을까
이 밤 지나면 새벽을 밟고 정녕 그가 올까

믿음도 때로 흔들려
밤에서 밤으로 오래 헤맬지라도, 어느 땐가
소문 없이 불쑥 우리 앞에 그가 올 것 같아
어둠 깊은 밤에도 결코
잠들지 못한다

봄날에 앉아

개나리꽃 지고 목련꽃 지고
지금은 또,
벚꽃마저 지고 있는 봄날에 앉아 이런저런 생각들
두루 많습니다.

여덟 번째 시집을 준비 중입니다.
책장에 가지런히 꽂힌 일곱 권 시집 속에 내 삶의
편린들이 시로 녹아 있습니다.
오늘은 다른 생각 다 두고 그저 그 시집들 속 시
제나 하나씩 불러내 보며 시와 함께 산 45년의
시간에 대한 그리움에 흠뻑 젖어보려 합니다.

1시집 『바람의 行方』
(1982년, 현수사)

I

겨울 風景
겨울 아래서
겨울 허수아비
倦怠
바람의 行方
꿈으로만 흔들리는 우리들의 日常
아내의 病은
잃어버린 風景
失語症
4月은
팔매질이나 하며
나의 不眠
龜裂
病中
一九八一년에도 會議나 하며
몸살

II

봄 밤
봄 언저리에 앉아
아침
이 季節의 아침에
겨울 아이들
봄볕 내린 들판
아침 이슬 -炫直에게-
方魚津 一泊
子正 近處
十月
낚시터에서 -K에게-

2시집 『잡풀의 노래』

(2000년, 만인사)

3시집 『조롱당하다』
(2006년, 만인사)

시인의 산문 _ 오늘도 나는 시를 쓴다

4시집 『누드시집』

(2010년, 시선사)

제1부	제2부	제3부
누드 1	누드 16	누드 31
누드 2	누드 17	누드 32
누드 3	누드 18	누드 33
누드 4	누드 19	누드 34
누드 5	누드 20	누드 35
누드 6	누드 21	누드 36
누드 7	누드 22	누드 37
누드 8	누드 23	누드 38
누드 9	누드 24	누드 39
누드 10	누드 25	누드 40
누드 11	누드 26	누드 41
누드 12	누드 27	누드 42
누드 13	누드 28	누드 43
누드 14	누드 29	누드 44
누드 15	누드 30	누드 45

5시집 『못갖춘마디』

(2014년, 학이사)

6시집 『하류下流』

(2018년, 학이사)

□ 시인의 말 • 40년도 잠깐이네

7시집 『11월의 저녁』
(2020년, 학이사)